Lili
Sa vie, c'e...

Une princesse en danger

D. CROWE
428 Culzean Place
Port Moody, BC V3H 1E5

Arnaud Alméras a la chance de vivre avec trois princesses : ses filles. Pour imaginer les aventures de Lili Barouf, il lui a donc suffi de les regarder vivre, puis d'inventer un dragonneau, une marraine-fée, un serviteur, un téléphone magique, un palais et une forêt enchantée. Ses romans sont publiés principalement chez Nathan et Bayard Jeunesse.

Du même auteur dans Bayard Poche :
Le match d'Alice - Les farceurs - Minuit dans le marais - Les sortilèges de Lucie Caboche - Les maléfices de Lucie Caboche - La série *Lili Barouf* (Mes premiers J'aime lire)
L'île aux pirates - Mystères et carabistouilles - Courage, Trouillard ! (J'aime lire)

Frédéric Benaglia. A comme Antibes, la ville qui l'a vu naître. B comme Bac arts appliqués, son premier diplôme. C comme communication, domaine dans lequel il a commencé par travailler. D comme directeur artistique, puisqu'il est celui des magazines *Mes premiers J'aime lire, J'aime lire* et *D lire*. E comme édition, car, d'Albin Michel à Tourbillon et de Nathan à Sarbacane, nombreuses sont les maisons qui publient ses travaux. On pourrait continuer comme ça tout le long de l'alphabet... Mais, si vous préférez, Frédéric peut aussi vous faire un dessin !

Du même illustrateur dans Bayard Poche :
Minouche et le lion - Les apprentis sorciers - La série *Lili Barouf* (Mes premiers J'aime lire)
Le concours - Alerte : poule en panne ! (J'aime lire)

© 2011, Bayard Éditions
Tous droits réservés. Reproduction, même partielle, interdite.
Dépôt légal : octobre 2011
ISBN : 978-2-7470-3736-5
Maquette : Fabienne Vérin
Loi n° 49-956 du 16 juillet 1949 sur les publications destinées à la jeunesse.

Lili BAROUF
Sa vie, c'est de la magie !

Une princesse en danger

Une histoire écrite par Arnaud Alméras
illustrée par Frédéric Benaglia

mes premiers
J'AIME LIRE
bayard poche

Ça, c'est le jour où Valentine, ma marraine-fée, m'a offert mon téléphone magique !

Là, c'est moi avec maman et papa quand j'étais toute petite

Il est trop chou, mon Ploc !

Boris, c'est vraiment le plus gentil des serviteurs

Ce jour-là, je recevais ma première couronne de princesse ! TROP FIÈRE !

Matteo et Youssra, ce sont mes meilleurs amis du monde entièr de mon cœur !!!

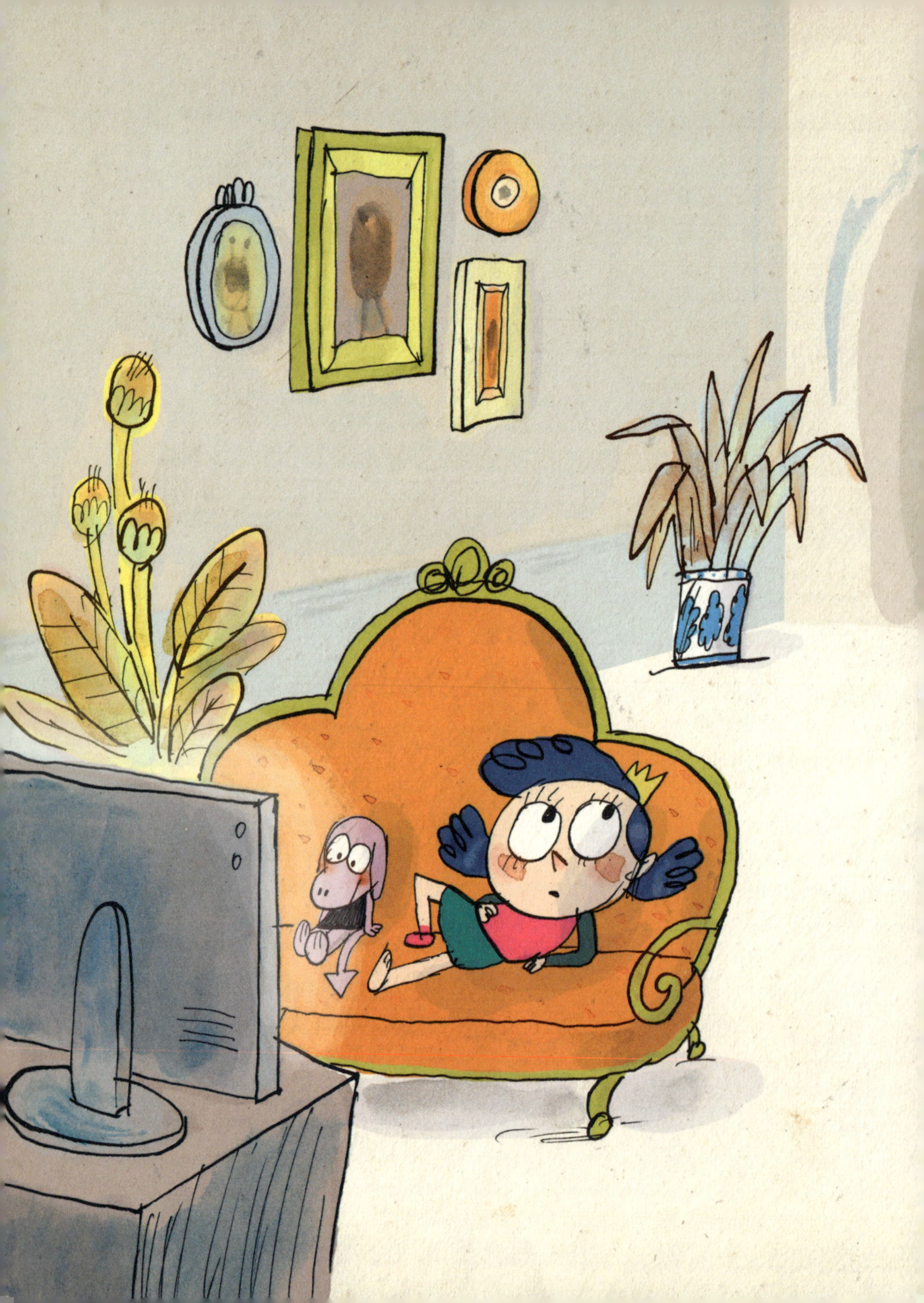

Un mercredi après-midi, au palais de Château-Dingue, la reine fait irruption dans le salon :
— La télé, ça suffit ! Va prendre un peu l'air, Lili !

La princesse Lili Barouf éteint l'écran en soupirant. Accompagnée de son dragonneau, elle traîne les pieds jusqu'au parc.

— C'est pas juste, râle-t-elle. Moi, j'adore les dessins animés…

se plaint-elle

Mais déjà, son visage s'illumine :
– Si je dois jouer dehors, eh bien… je vais aller dans la Forêt Enchantée.

Aussitôt, Lili enjambe la clôture.
– Viens, mon Ploc. Je sais que c'est interdit, mais il nous arrive toujours de chouettes aventures, là-bas !
Et le dragonneau s'enfonce entre les arbres à la suite de la princesse.

Quelques instants plus tard, Lili et Ploc entendent une grosse voix grommeler, derrière des taillis :
– Il faut vite que je trouve cette Belle-Neige au Bois Dormant, et que je rapporte son cœur à la Vilaine Reine.

Lili, se glissant dans les fourrés, essaie d'apercevoir celui qui a parlé… C'est un gros chasseur, qui marche d'un bon pas.

– Tu te rends compte ! souffle Lili à son dragonneau. Cet affreux chasseur veut tuer une princesse qui dort dans la Forêt Enchantée. On ne peut pas laisser faire ça !

Lili et Ploc pénètrent au plus profond des bois. Ils aimeraient bien découvrir où se cache Belle-Neige au Bois Dormant…

Soudain, ils aperçoivent, au centre d'une clairière, une magnifique princesse endormie !

Lili s'approche et chuchote à son dragonneau :

– Je crois que c'est Belle-Neige au Bois Dormant.

Lili et Ploc la secouent tant et plus :
– Princesse ! Ouvrez les yeux ! Vite !
Mais la jeune fille dort si profondément qu'ils ne parviennent pas à la réveiller.

« Il n'y a qu'une solution », se dit Lili en saisissant son téléphone portable.

C'est sa marraine-fée qui le lui a offert à sa naissance. Lili appuie sur l'unique touche en forme d'étoile.

– Allô, Valentine ? C'est moi !

Et elle explique rapidement ce qui se passe.

– Rassure-toi, Lili, je vais t'aider, lui répond Valentine.

Puis elle prononce une des formules magiques dont elle a le secret :

Abracabarouf, ma Lili, prince charmant te voici ! Mais, quand la nuit tombera, l'enchantement cessera.

À ces mots, une pluie d'étincelles jaillit du téléphone et enveloppe Lili, qui se retrouve transformée en prince charmant. À ses côtés est apparu un splendide cheval blanc.

– Merci, Valentine ! s'écrie Lili. Qu'est-ce que je fais, maintenant ? Ah oui, évidemment !

Et Lili dépose un baiser sur la joue de la princesse endormie.

Celle-ci, aussitôt, ouvre les yeux :

– Où suis-je ? Combien de temps ai-je dormi, mon prince ?

Lili hausse les épaules :

– Je ne sais pas, Belle-Neige au Bois Dormant. Rentrez vite dans votre château, car un affreux chasseur veut vous tuer.

– Mais, cher prince, j'aurais aimé mieux vous connaître…

Lili secoue la tête :

– Ce n'est pas le moment ! En plus, je ne suis pas celui que vous croyez. Bref… Prenez ce cheval et sauvez-vous ! Il faut que vous arriviez dans votre château avant la nuit tombée, car, à ce moment-là, votre monture disparaîtra…

Et Lili-Prince-Charmant fait la courte échelle à Belle-Neige au Bois Dormant pour qu'elle grimpe sur l'animal.

– Adieu, mon prince ! dit Belle-Neige au Bois Dormant.

Et elle s'éloigne sur le cheval blanc.

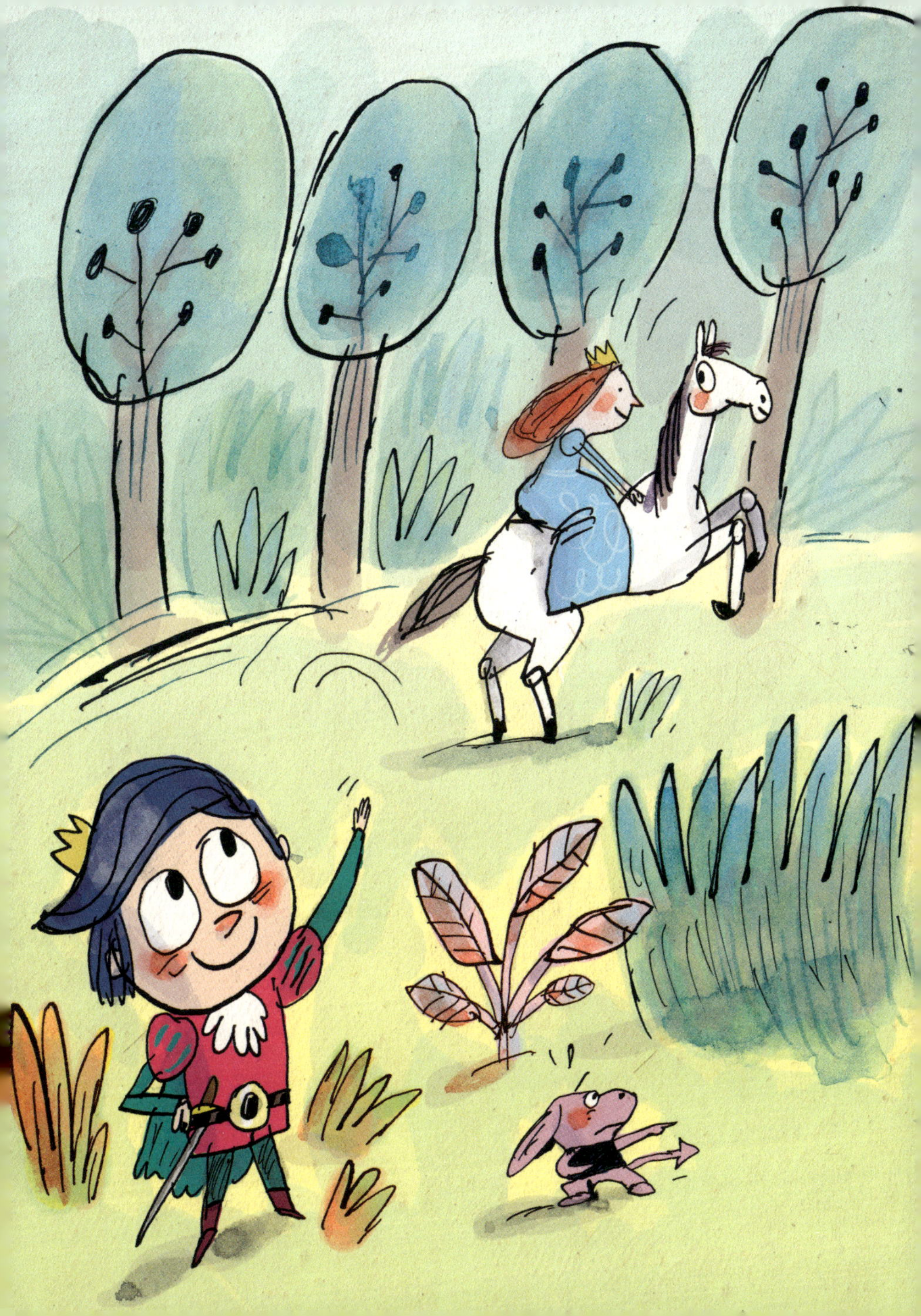

Il était temps, car l'affreux chasseur vient d'apparaître à son tour dans la clairière ! Apercevant la princesse qui s'éloigne, il s'empare de son arc et s'apprête à lui décocher une flèche.

Lili bondit et, tirant son épée, elle tranche net la corde de l'arc.

– Je ne sais pas d'où tu sors, prince charmant, mais tu vas me le payer ! rugit le chasseur, dégainant son coutelas.

Il veut se ruer sur Lili, mais Ploc saute sur ses épaules et lui enfonce son chapeau sur les yeux. D'un habile coup d'épée, Lili fait voler son coutelas.

– Pitié, mon prince, bredouille le chasseur, devenu tout pâle. C'est de la faute de la Vilaine Reine, la pire sorcière qui soit…

– Retournez voir cette Vilaine Reine, réplique Lili. Vous lui ferez croire que son plan a marché.

Le chasseur baisse les yeux :

– D'accord, prince charmant. Ensuite, je partirai très loin d'ici… Merci de m'avoir laissé la vie sauve !

Et le chasseur s'éloigne, la tête basse.

Une fois le chasseur disparu dans les profondeurs de la forêt, Lili se tourne vers Ploc :

– Maintenant, il est temps de rentrer !

Elle prend son dragonneau dans ses bras et retourne au palais à toutes jambes.

À peine ont-ils franchi la barrière que Boris, le fidèle serviteur russe, court à leur rencontre :

– Tiens, vous vous êtes déguisée, prrrincesse ? s'étonne-t-il. Venez vite, votrrre tante Urrrrsule nous rrrend visite, il faut aller lui dirrre bonjourrr !

Lili proteste :
— Oh, non ! Pas Tante Ursule. Elle n'aime pas les enfants et elle déteste Ploc. Et moi, je ne l'aime pas beaucoup non plus…
— Il y en a pourrr deux minutes, insiste le serviteur, entraînant Lili vers le palais.

Lorsque la petite princesse apparaît dans le salon, Tante Ursule lève un sourcil :

– Encore dans un déguisement ridicule, Lili… Et toujours suivie par ce Troc, moche comme tout ! Je ne m'y ferai jamais !

– Il s'appelle Ploc, pas Troc ! réplique Lili.

Puis, à contrecœur, elle effleure la joue molle et pleine de crème de sa tante.

Le visage d'Ursule s'illumine aussitôt. Elle dit d'une voix chantante :

– Mais c'est un petit bisou de rien du tout !

Et elle se met à glousser :

– Hi, hi, hi… Viens faire un vrai bisou à Tata Su-sule, mignon petit prince !

La reine et le roi se regardent, stupéfaits. Jamais ils n'ont vu la grincheuse tante aussi aimable…

misérable

De son côté, Lili voudrait bien s'échapper, mais sa tante la serre un peu plus fort dans ses bras, en roucoulant :

– Reste un peu sur mes genoux, je ne vais pas te manger, ha, ha, ha ! Charmant, ce déguisement ! J'adore ! Charmant, charmant… Oui, décidément, tout en toi est charmant !

Et Tante Ursule se tortille de plus belle en ébouriffant les cheveux de Lili.

La petite princesse jette un coup d'œil vers la fenêtre et soupire :
– Vivement que la nuit tombe et que l'enchantement de Valentine s'arrête. Tante Ursule charmée, c'est pire que tout !

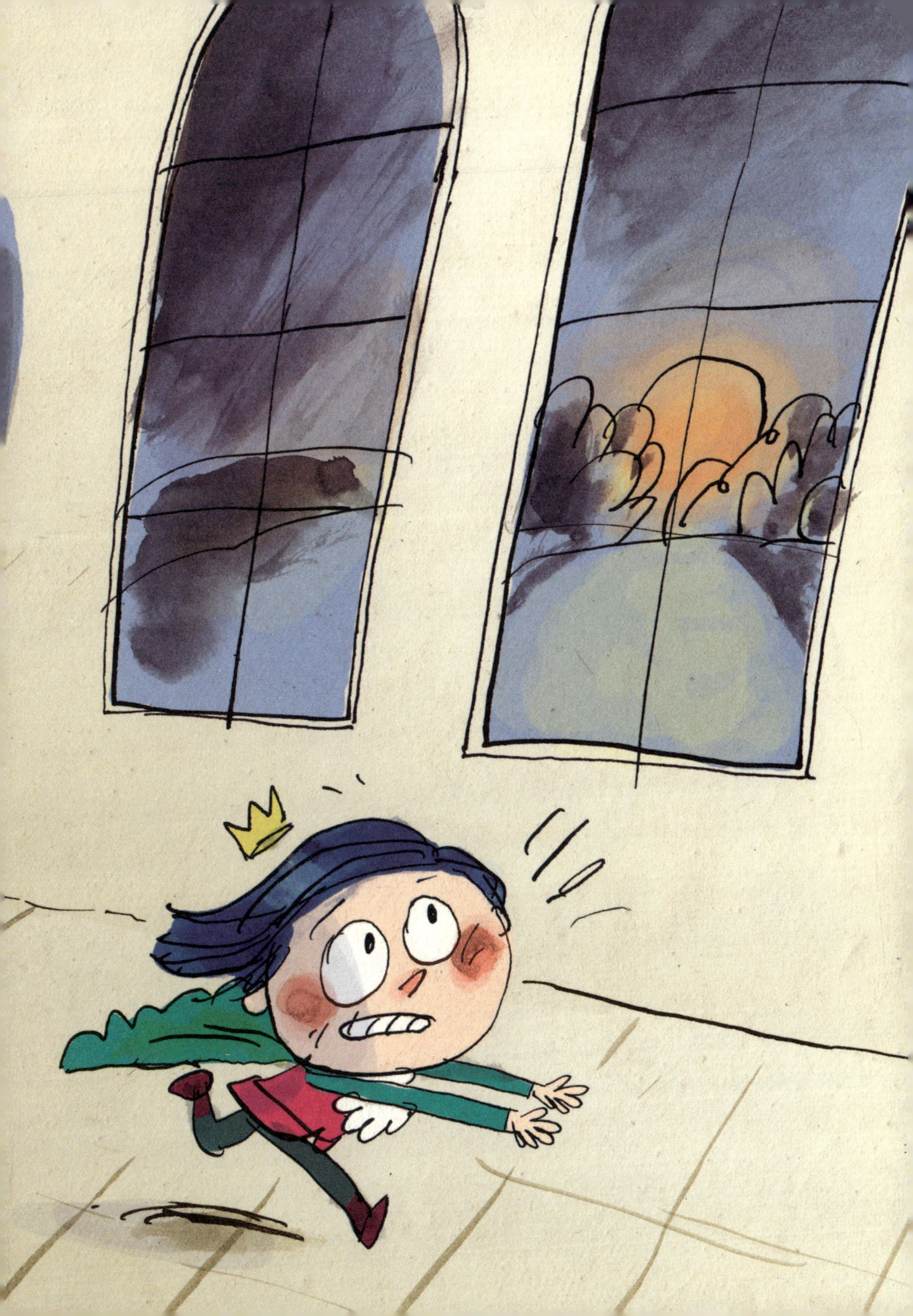

Toutes les aventures de Lili BAROUF
Sa vie, c'est de la magie !

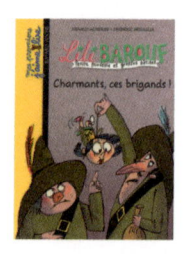

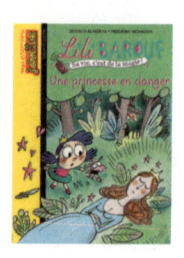

- Le bébé-roller
- Charmants, ces brigands !
- Une maladie bien capricieuse !
- La grotte mystérieuse
- La guerre des sorcières
- Le secret du ninja rose
- Prisonnière du vampire
- Le portrait infernal
- Une princesse en danger

Achevé d'imprimer en septembre 2011 par Pollina
85400 LUÇON - N° Impression : L58586a
Imprimé en France